In einer Handvoll Zeit

sonne & mond

Hilde Schmölzer

In einer Handvoll Zeit

Hilde Schmölzer
Gedichte

sonne & mond

Impressum

edition sonne und mond
Wien, 2o22
ISBN: 978-3-9505097-7-9
www.sonneundmond.at
pappelblatt.com
Lektorat: Manfred Stangl
Umschlagbild: Claudius Schöner
Layout und Satz: Mathias Hentz
Druck: bookpress.eu

In einer Handvoll Zeit

Gedichte

Hilde Schmölzer

sonne & mond

www.sonneundmond.at

Einmal habe ich

den Nachtvogel
aus dem Geäst gerissen
denn ich wollte die Wiederkehr
der verschwundenen Zeit.

Aber die geernteten Früchte
in meiner Hand
boten nur Trauer
und Weinen.

Stumme Hände
haben den Sinn
auf umgedrehten Seiten
aufgeschrieben.

Schwüle

Die roten Ähren knistern
wenn der Föhn sie weckt.
Die Katze
sprüht ihr Funkenrad.
Das Sturmlied
trotzt den abgenutzten Geigensaiten.
Und tausend Melodien
seh' ich den Weg hinunter gleiten.

Doch in der Steppe
blüht der Mond.

Am Morgen

sind die Blumen vor meinem Fenster
wie Träume
die im Erwachen
schüchtern sind.

Der Wind

rührt mich an
ein Säbelhieb.
Mein Körper
ist Schweigen
und schläft
mit den Steinen.

Ich küsse die Blutfarben
später Früchte
und kämme mein Haar
in den Sand
und meine Augen
zwischen Anfang und Ende
frieren.

Ich warte

dass der Federmantel
von meinen Schultern fällt
dass die Nacht
ihr Schweigen bereut
und die Kinder des Blütenstaubes
durch die Sonne fliegen.

Denn dann
werde ich im stillen Licht des Tages
auferstehen.

Mittag

In den großen einsamen Teichen
hat der schwarze Vogel sein Nest gebaut
hat der Himmel darüber sein Antlitz gehängt
schweigend.

Und die bleiche Mittagsonne
rollt ihre Kugelgestalt
wie das Spielen kleiner Kätzchen
in den Sand.

Spüre
wie die warme Frucht
vom Baum sich schält
wie der Moder seufzt.

Hebe deine Wimpern
in die blaue Schale
gepflückter Stunden
und schreibe mit schwerem Finger
die Antwort auf alle Fragen.

Es gibt so viel

das ich nicht sagen kann
weil blind im Raum es hängt
wie abgeschnittene Flügel
den Leib ersehnend und die Form.

Es gibt so viel
das ich nicht wissen kann
weil es in Lotosteichen schläft
und sein Traum
nur manchmal
und ganz leicht
mein Herz berührt.

Es gibt so viel
so viel das hofft,
geweckt zu werden
so viel im Zittern
der gespannten Sehne
die den Pfeil geliebt
so viel im hellen Milchglas
der Erwartung.

Doch wie die Weide
möcht ich mein Haar

in blaue Himmel hängen
möchte ich lächeln
weil ich stumm bin
und so wenig
sagen kann.

Einmal

werde ich ruhig sein
wenn ich stumm
die Welt umfasse
wenn alle Dinge
ihr Antlitz zeigen
und die Schatten hinunterreiten
mit der pflügenden Sichel
des Mondes.

Ich weiß

dass mein Kristallschloss bricht
ich weiß
obwohl ich daran baue.

Ich weiß
die Flügel der Gedanken lahmen
ich weiß
dass meine Sonnen
auch Todesbrücken sind

Ich weiß es
im Kreisen der Tage
im Brechen der Stunden
ich weiß es.

In meinenTräumen
kämpfen Schatten
immer.
Die rosa Morgenleiter
steigt kein Engel hoch.

Ich schreibe
die Spuren meiner Seele
in den Wind
der Griffel
ist im Haar der Sonnenstrahlen
gefangen.

Möwen

habe ich nie geliebt
denn sie haben meine Augen ausgestochen
einmal
auf einer langen Reise
als die Sonne
im Meer zerbrach.

Mein Herz

ist ein zertretenes Blumenfeld
mein Auge
die zerschnittene Goldfrucht
deines Gartens.

Das ist der Tag

Die Sonnenschiffe taumeln
vom Mittag her
ein blauer Strom
mein Blick
köpft tausend Schattenblumen

Doch das Boot
auf der anderen Hälfte des Tages
wer wird kommen
und den Kiel lösen
aus den Traumbildern verwunschener Augenblicke.

Und dann
die kurze Lichtminute
im Aufwärtsschaun
das Zwischenland
die Losung
hinter dem Bug

und die aufsteilenden Städte
und der Keil des grauen Lichts
im kenternden Schaum
der Menge.

Und er geht
das Beil des Ungenügens im Nacken
hinter ihm
brechen die Türen.

Und er hebt
den gemeißelten Fuß
gleich jenem
des bronzenen Gottes
hin zu den Masken
der Totgeglaubten
in deren offene Münder
die Gezeiten stürzen
während der Strom sich hebt
in die Wiege des Nordmeers.

Und er reißt
die Sonnen aus seinen Zelten
und er malt
das Frührot auf sein papierenes Schild
und im wechselnden Mond
fasst er den Stein
um zu treffen
die Stirne des Gegners

Das ist der Tag
an dem der Möwe Flug

das Eis zerspellt
und ihr gekrümmter Rücken
hinreicht
zu den rotgoldenen Türmen
Ahasvers

Und die gekauften Bräute
fassen die Ruder
und der Mond säuft
weiße Milch
aus den Sichelschuhen
leerer Festlichkeit

Und in dunkler Schuld
falle ich
über die zerpflückten Gärten
meiner Väter

Und dann kommt
die Herrschaft grauer Ammen
wenn die Schwertkämpfer
gewichen sind
die Tage
weiser Ammen
deren Steinzeitlächeln

ungebor'ne Kinder küsst
und deren Amulette
die ausgewaschenen Wunden
fremder Toten kühlen.

Und stumme Engel
tragen auf Witwenflügel
die Trauer
hinüber zur Andacht.

Komm

Komm
dass ich Dich halte.
Schenk mir Deine Augenblicke
in denen das Mondkraut blüht
und ein Lächeln
dem Schierlingsbecher
den bösen Zauber nimmt.

Zerdrücke die Angst auf meiner Stirn
und den giftigen Mohn
in meinen Haaren.
Nimm mir die Schuld
und den Schmerz
und löse die seltsamen Träume
aus meinen Augen.

Und dann
trage mich weg,
dorthin, wo das Leben tanzt
dass zwischen silbernen Schwertern
mein Leib zerbricht.

Ich

Die große Sonne
will mich töten
ihr weißer Schein
greift nach dem letzten Schatten
meiner Gestalt.

Der Mond
hat sich umgedreht.

Sommer in der Stadt

Junihimmel
pflügt die grauen
Äcker der Stadt.

Rot
bricht die Blüte
im Staub

Ohne Namen
die Augen
ihr Lächeln
ohne Namen.

Türme
zerschneiden
den Tag

In Räderspuren
hat die Sonne
ihr Haupt gelegt.

In Schritte
die Nacht
ihr Warten

Ich habe meine Augen ausgeweint

Ich habe
meine Augen ausgeweint
sie rollen irgendwo
durch die zerpflückten Gärten
meiner Angst.

Ich habe
mein Herz zerdrückt
wie den Körper eines kleinen
weißen Vogels
der nicht singt.

Ich habe
meine Augen ausgeweint!
Jetzt sind sie
zwei graue Steine
wissend
und verkohlt.

Die Zeiger

schleppen die Tage
ich habe gehofft
doch du hast geschwiegen.

Paris

Paris
du mit deinen Goldfarben
deinen Glanz-Alleen
und dem Champs-Elysée
am Abend.

Paris
du mit deinen Mandelsträußen
deinen Papierblumen
den glacierten Muscheln
und den blauen Schürzenbändern der Concierge.

Paris mit Plüschsofas
mit Spitzenhöschen
mit Straßenfegern.

Paris la blanche
Kokotte der Kokotten
mit zerpflückten Kastanienblüten
und einem Kanarienvogel
der singt
auf den Wasserspeiern
von Notre Dame.

Der Wagen

Ich möchte einen Wagen fahren
breit und ohne Pferde!
Tanzend die Ringe der Sonne küssen
und den pfeilschnellen Flug des Mittags.

Ich möchte einen Wagen fahren
durch die abgeblätterte Rose
des Tages
durch die aufgetürmte Fronten
der Stunden
unter mir knirscht
das Weinen.
Blind im Purpur
schweigt der Tag.

Und dann
wenn ich alle Lilien
zertreten habe
und ihr toter Geruch
wie Blumenwasser
in die Augen des Lichtes steigt

niederknien will ich
und mit schmaler Hand

den Tod berühren
und dann will ich
rosarote Feste feiern
und im Morgengrauen
auferstehen.

Ich habe dich gesucht

Ich habe dich gesucht
mein Herz
war ein frierendes Blütenblatt
fort getragen vom Wind
ich hab dich gesucht.–

Du musst die Nebel
von deiner Stirne nehmen
du!
Und immer Glockenblumen hüten
und deine Augen
dürfen nicht in zerbrochenen Teichen ruhn
niemals.

Es gibt Nächte

Es gibt Nächte
in denen ich nicht schlafen kann
weil das Dunkel
wie eine Katze ist
deren schmale Augen
die Schatten prüfen,
und die Einsamkeit
zwischen schwarzen Steinen hockt
um in die offenen Gruben
meiner Gedanken zu fallen.

Es gibt Nächte
in denen ich nicht schlafen kann
weil mein Körper schreit
in den Gassen seiner Enge
und er das Dunkel nicht erträgt
und nicht das Schweigen
in dessen lichtblauen Flügeln
die Sehnsucht zittert
und das Verlorene von Einst aufsteht
um mich zu schlagen.

Es gibt Nächte
in denen ich nicht schlafen kann
weil mein Schmerz etwas sagt
von dem ich nichts weiß
und meine Gedanken laufen
um es zu finden.

Nachklang

Die glänzende Kugel
mit der ich spielte
platzte
und ihre Splitter
rollten weinend
in den Sand.

Die schillernden Feste
die ich tanzte
brachen
und ihr Duft
verschwand.

Die goldene Natter
zu meinen Füßen
starb.–

Am jähen Ende
such ich den Anfang
dessen unreife Früchte
die Sonne rufen
und den Wind.

Ich habe des Traumes
Gestalt vergessen
und die Libellenflügel
der Sehnsucht.

Und ich begreife
den Tag
und wissend
zertrete ich die Feuerflammen
einstigen Entzückens.

eine kleine Sehnsucht

findet nicht nach Haus
sitzt am Schornstein
und weint.

an Feiertagen

mit festlichem Kleid
hat sich der Fluss
in den Himmel gestürzt.

schmal

zeichnen meine Finger
durch die Rillen des Tages
zärtlich
weil sie ihn lieben.

den warmen
gelben Mond im Nacken

und Feuer auf der Zunge
gehe ich den Weg.

Ich möchte

alle Sonnenfalter töten
alle
ich möchte sie töten
und in den großen grauen Kochtopf
meiner Mutter werfen
alle.

Ich bin ohne Sprache

sie hat sich
in den abgelebten
abgebauten
abgestürzten Existenzen verschanzt.
Hinter dem Gerüst
einer neuen Bewegung
dämmert der Mond
fast zu durchsichtig
um wahr zu sein.

in den verzahnten augenblicken
fremder wachablöse
im aufgereckten griff
des sandsturms
tanze ich
das gras
feucht
vom aufguss
meiner wirklichkeit.

ein ganzer wald
kommt auf füßen gelaufen
schwarze amseln
fressen mein herz.

ich möchte hinunterschwimmen
die grenzen des möglichen
alles andere
ist ballast
purpurne flammenwerfer
sollen meine haut durchbohren
das rad der zeitmaschine
soll mich aufwärts drehen.

spanne der hände
knisternde scheiben
leere das glas
leugne die spuren
des verfalls
und trinke den sand
ganz stiller stunden
mit der blume
des nachmittags.

Der Abend

Gestern
habe ich den Abend geküsst.
Und doch –
er war so weit.

Ich habe meine Augen
in seinen Glanz gelegt
schwer
und ohne zu fragen.

Und dann
habe ich ihn zusammengefaltet
denn ich wollte ihn mit mir nehmen
durch die Nacht.

Doch heute
ging er verloren
im Gedränge der Zeit
im Lauf der Gedanken
spurlos!

An Dich

Die grauen Perlen der Nachmittage
rollen über die Regenbogenfarben
einer Stunde mit Dir
sanft
wie leises Warten.

Meine Hände
wollen den Atem halten
und den Duft
des Augenblicks.

Mein Schritt
möchte ein Vogel sein
Sehnsucht
und ein Gedanke
an Dich.

Und doch
fallen die dunklen Flügel
schwerer Mattigkeiten
in meine Wunderteiche
und schon kämpfst Du
in einem anderen Land
wo ich Dich wieder
suche.

In einem kleinen weißen Boot

In einem kleinen weißen Boot
sitze ich
und die Sonne liebkost meine Haut.
Zeit tropft in bleiches Wasser und stummes Schilf
und der Wind schmeichelt den sanften Wellen.–
Da zerbirst riesig und groß die blutende Sonne
und mein Leib liegt zersplittert im See.

Wo sind...

Die Blumen
wo sind
die Blumen
und die Kränze
und die Sterne
die in den Fluss gefallen sind
und das Lied.
Und all die tausend Dinge
die so hübsch waren.
Die verzuckerten Mandelaugen
des Chinesen am Straßenrand
der einen grünen Vogel
spazieren führte.

Wo sind
die Stunden
Du und ich
und ich und Du.
Deine Hand
ein Schmetterling
und mein Lachen
zerschnitt die Linien Deines Gesichts
das immer größer wurde

ein Sonnensegel
weit.

Ein Tag
und Du und ich
und ich und Du
schweigend
davon trinkend.

Leer sind meine Hände
leer.
Sie halten nur noch
Herbstzeitlosen.

Schlaf...

Schlaf
auf deinen Fingerspitzen
trägst du den grünen Grund
des Schweigens
und auf Lamellenflügeln
das dunkle Tönen
der Ruhe.

Zwischen deinen ausgestreckten Armen
hockt die Trauer des Abschieds
und in deinem kühlen Atem
das Warten.

Ich trete in dich ein
in die grüngoldenen Tore des Anfangs
in die milliardenbesäte Schleppe des Traumes
und der Kranz des Tages
drückt mein Haupt.

Und ich schlage den Schatten
um meine Stirne
und begreife zögernd
den Garten schwarzer Blumen.

Wind, du hast mein Herz in den Baum gehängt

Aus der bleichen Hülle des Tages
steigt
bebender Mondschuh
Nacht.
Ruft die Modergeister
Wassergeister
und sie weinen
weil
kein dunkler Vogel singt
und der Sternenstaub
in meiner Hand gekeltert
friert.

Du bist durch meinen Atem gegangen
du hast mein Herz
in den Baum gehängt.
Roter Lampion
Luftfisch
gleich hinter dem Mond
verloren ein wenig
und stumm.

Rührt mich nicht an – ihr!

Eure Hände sind zu stark
sie können nicht
den Staub der Sterne halten.
Und doch siehst
du?
Immer schlägt es
dem Wind entgegen
mein Herz
im geöffneten Segel
der Nacht.

Kleiner Falke

Kleiner Falke
deine Schwingen sind lahm
sie brachen im Aufwind.

Kleiner Falke
dein Zittern
hat mein Herz berührt
ich bin mit dir gewesen
ich habe deine Angst geahnt
und auch
deinen Fall
der sich lotrecht und schwarz
im großen Wasser spiegelt.

Es hat ein Gott geweint

im Wind
im welken Moder.
Seine Stirn war feucht.
Die Erde bog sich!
Nebel
hielten den Mond.
Flieh!
Der Stachel sitzt
in deinem Fleisch
der Schmerz zerreißt
die Augenlider,
die Himmel fallen.
Flieh!
Dein Leib
wird Erde sein
und Wasser.

Und doch
hat er nur leis geweint,
ganz leise.

In meine gehämmerten Tritte

werfe ich
die Zeit
und Tag
und Nacht.
In die ausgebrannten Schlacken
meiner Tritte
Anemonen
und den schwachen Zaunkönig
der Liebe.

Die roten Wogen

Die roten Wogen
eines Sommers
brechen matt
wie der Flügelschlag
des Zaunkönigs
im Strauch.

Der späte Tau des Abends
friert.

Ich schütte
in das Glück einer einzigen
kleinen,
namenlosen Sekunde
die großen dunklen Schatten
die mich begleiten
immer.

Ich bin ein weißer Vogel

Ich bin ein weißer Vogel, versinkend im Blau!
Ich bin fallender Wind in den Steppen Afrikas!
Ich bin blutende Qual und Schmerz!
Ich bin erstarrtes Gebirge im nördlichen Eismeer!
Ich bin stille Blume am Wegrand.
Reißender Quell und bebende Schwinge
in einer Handvoll Zeit!
Ich bin Mensch!

Oft bin ich traurig!

Oft bin ich traurig!
Und meine Traurigkeit ist wie der schwere Mantel
einer blauschwarzen Nacht
Oft schmerzt es mich, Stimmen zu hören
und ich sehne mich
nach der duftenden Kühle des Waldes.
Oft bin ich verzweifelt und zerrissen von
schreiender Qual.

Oft freue ich mich!
Und meine Freude ist stilles Wasser oder auch
glühender Südwind.
Oft lache ich und mein Herz ist ein
funkelnder Stein.

Manchmal bin ich tot!
Dann gehe ich durch lange Häuserreihen und
versinke am Horizont.

Wo bist Du?

(An meinen Mann, der unter tragischen Umständen gestorben ist)

Wo bist Du
Geliebter
als Dein Schritt
noch jung war
und Versprechen
in Deinen Augen
und heraustrat
der Morgen
hoch über dem Zenit
beladen mit dem Schmerz
des Wachsens
mit dem Schmerz der Liebe,
mit dem Schmerz des Du.
Und der Mittag
schwer war
und die Last
zu groß.
Und die Seile rissen
und der Abend nah,
und die Sterne fielen
und die Welt zersprang
und das Echo weit fern.
Und Dein Schritt verschwand.

Doch ein Sohn war geboren,
doch ein Leben war geboren
doch ein Schöpfer war erkannt.
Und ein Weg beginnt zu wachsen
und die Hoffnung, sie hat Flügel
und die Liebe, sie kehrt wieder.
Und ein Stern entsteht.

Sehnsucht

Sie ist wie ein Segel
das die Meere spannt
um im purpurnen Aufwind
den Glanz des Morgens zu tragen.
Schmal steht der Schmerz am Ufer
und seine Klinge
trifft meinen Rücken
wenn Dein Bild
in das zerbrochene Glas der Tage fällt.
Und die Scherben schwimmen
in brachen Minuten.
Und sie rufen mich
dass ich sie halte.
Doch im schwankenden Boot
zieh ich vorüber
während sie schreien
in den Gesichtern der Anderen
wo ich sie suche.

Die Schlange meiner Geburt

Die Schlange meiner Geburt
hat um Antwort gefragt
als sie kroch aus dem Leib
ohne zu begreifen
in eine Sonne
nackt.
Da hat sie ihre Schuppen
am Wegkreuz wund geschlagen
und dann hat sie geschrien.

Ich wollte sie trösten.

Doch sitze ich
am Rande des Seerosenteichs
und mein Blick weiß nur
von Dotterblumen.

Einmal
als mich die Nacht berührt
habe ich sie gehört
weinen
wie ein Kind
wenn die Mutter schläft.

Doch dann kam das Vergessen.

Und doch schlägt mir
Ihr Gluthauch ins Gesicht
und ihr breiter Schwanz
drückt mich zu Staub
hin zu einem Leib
den ich nicht begreife.

Spanne deine Arme

Spanne deine Arme
weit
fang das Sonnenlicht
und auch die Sterne
trage sanftes Leben
auf der Stirn
fasse Ungebor'nes
wenn es wie ein Windschiff flieht
schütze es
bis seine Säfte reifen.
Halte das Glück
bevor es durstig wird
und den Schmerz
üb im Geheimen.
Knie nieder
wenn ein Beil dich fällt
und blick auf
wenn andre weinen.
Schenke Götter her
(sie werden's danken)
lass den Kleinsten
oft den Größten sein.
Dann bist du reich
und hast dein Herz
gefunden.

Nachwort

Lyrik ist manchmal der Spiegel der Seele. Sofern man (noch) eine hat. Zeitgeistige Pseudolyrik kokettiert mit dem Negativen, ergießt sich in Unrat und Rotz, gibt sich selbstmitleidig oder bloß nichtssagend sprachverspielt.

Die Moderne – wie wir wissen – hat gut 200 Jahre am Buckel, nachzuschlagen in der Vorrede zur Griechischen Poesie bei Friedrich Schlegel. Die Postmoderne mittlerweile ließ Lyrik so weit verkommen, dass einzig die Tändelei mit Gefühlen, das Herzeigen irgend seltsamer Posen, die Gesten des narzisstischen Ichs als Literatur erfasst werden. Letztlich buhlt der sich selbst und andere verlierende Mensch lauthals oder wimmernd um Aufmerksamkeit. Er, der sich von den Bäumen und den Vögeln abgekehrt hat, schreit nun den Schmerz des Verlassen-Seins dennoch nicht wund hinaus, sondern verbrämt das mit allerlei schicken Floskeln. Das immer und immer wieder aufgebrochene, umgeschüttete und wieder umgeworfene Erdreich im modernen Menschen verschüttete – kontaminiert mit allerlei geistiger Chemie – meist die gequälte Seele so sehr, dass nur unkenntliches Stammeln als Gedichtsurrogat aus zugeschnürter Kehle quillt. Oder man gibt sich eitel und emotionslos der Bedeutungslosigkeit elaborierter Sprachverballhornung hin.

Bei Hilde Schmölzer – bekannt als Prosaschriftstellerin, die vielbeachtet sich speziell Frauenthematiken angenommen hatte – zischt die Lyrik wie aus den Unterwassergeysiren vor den Phlegräischen Feldern empor. Der Stau der jahrhundertelangen Unterdrückung durch die (patriarchale) Zivilisation entweicht. Doch wohin sollen die Funken fliegen? Die Kultur, in der wir leben, ist von ihren Wurzeln so sehr entfremdet, dass Äußerungen des Schmerzes wenig erwünscht sind. Der Deckel aus Asphalt und Zivilisation hält

speziell in der intellektuell-literarischen Oberschicht alles weit unter dem Schmerz- und Bauchbereich. Doch Schmölzers lyrische Rufe dringen durch, finden ihren Weg durch feine Haarrisse in den Zwerchfell- und Betondecken. So sprießen Blumen heran, entfalten die eine und andere herrliche Blüte. Eine lautet: „Schenke Götter her – sie werden's danken." Doch die Welkheit des Alters (wohl unserer Kultur) zupft die Blütenblätter rasch ab, und das Haupt beugt sich im Schmerz der verlorenen Zeit. Im Gedicht Nachklang heißt es: „Am jähen Ende/such ich den Anfang/dessen unreife Früchte/ die Sonne rufen/und den Wind." Nicht nur der Zeit trauert Schmölzer nach, sondern auch der Sehnsucht. Klar wird, dass sie selbst *die Libellenflügel der Sehnsucht vergaß*; und endlich *wissend die Feuerflammen einstigen Entzückens zertritt. In kleine namenlose Sekunden des Glücks schüttet* sie *dunkle Schatten die* sie *immer begleiten, immer.*
Warum? Vielleicht wegen ihres lebenslangen Kampfes, die Schlange (der Ewigkeit?) zu zähmen. Wo sie auch die Natur anruft, muss sie doch vom Scheitern schreiben, den Leib zu begreifen. Damit drückt sie das Kardinalproblem der abendländischen Kultur und ihres Dualismus aus. Wir spähen mit wissenden Augen auf die Bäume, auf Atome, auf Körper, und schauen nur den Tod in die Dinge sowie in die Menschen hinein. Schmölzer begehrt gegen die geleugneten Schatten des Okzidents auf, ruft: *Qual und Schmerz bin ich* doch auch *stille Blume am Wegrand,* sowie *reißender Quell und bebende Schwinge in einer Handvoll Zeit. Ich bin Mensch!*
Uns allen ist zu wünschen, dass wir wie Hilde Schmölzer in ihrem Gedicht: „Der Wagen" einst mit zischender, erfüllter Lebendigkeit breit alles Sentimentale, Kitschige, Selbstmitleidige, Gespielte, Selbstdarstellerische und auch Negativkitschige hinter uns lassen, und *auferstehen.*
Manfred Stangl

Hilde Schmölzer, geb. 1937 in Linz. Besuch der Staatslehranstalt für Photographie in München. Studium der Publizistik und Kunstgeschichte an der Universität Wien. Etwa 25 Jahre freiberufliche Journalistin und Fotografin für in- und ausländische Zeitungen und Zeitschriften, Arbeit beim ORF. Seit etwa 1990 ausschließlich als Autorin tätig mit Schwerpunkt Frauengeschichte und Frauenbiographien. Bis jetzt 16 Bücher verfasst, darunter zwei Bestseller. 2015 erschien: „Frauen um Karl Kraus", Kitab Klagenfurt.
Ihr letztes Buch: „Du Vater, Du Mutter und ich. Die Geschichte meiner Eltern" 2021 im Selbstverlag.
Ab 1992 Mitglied des Österreichischen PEN-Clubs, die letzten Jahre im Vorstand, aber ausgeschieden im Frühjahr 2000 wegen politischer Differenzen. Ab 2001 Mitglied der GAV, sowie des Österreichischen SchriftstellerInnen Verbandes, der IG AutorInnen und des Literaturkreises Podium.
Seit dem Jahr 2008 Trägerin des Berufstitels Professorin.
Im November 2022 Verleihung der Ehrenbürgerschaft ihrer Heimatstadt Steyr.

Inhalt